中国文艺工作者职业道德公约

中国文学艺术界联合会 编

目　录

文艺界核心价值观

一、爱 国

爱国，是文艺工作者的精神气节。祖国是我们的共同家园。每一位文艺工作者都应该自觉地热爱祖国、忠于祖国，满腔热情地讴歌祖国、讴歌时代，大力弘扬以爱国主义为核心的民族精神，努力促进祖国统一，维护国家利益和民族团结。

二、为 民

为民，是文艺工作者的价值取向。人民是文艺工作者的母亲。每一位文艺工作者都应该自觉地植根人民、感恩人民、服务人民，始终坚持以人民为中心的创作导向，把满足人民群众的精神文化需求作为根本的出发点和落脚点。

三、崇 德

崇德，是文艺工作者的基本操守。德，是文艺工作者立身处世之根。每一位文艺工作者都应该自觉地追求高尚的道德情操，树立良好的社会公德、职业道德、家庭美德、个人品德，认真履行人类灵魂工程师的神圣职责，大力弘扬真善美、鞭挞假恶丑，自觉承担起弘扬先进文化和引领社会文明风尚的历史责任。

四、尚 艺

尚艺，是文艺工作者的职业追求。艺，是文艺工作者成就事业之本。每一位文艺工作者都应该自觉地树立高远的艺术理想，坚守勇于创新、精益求精的艺术精神，锤炼潜心创造、追求卓越的艺术品格，展现富有个性、多姿多彩的艺术魅力，用真诚的艺术态度，努力为人民创作更好更多的精品力作。

中国文艺工作者职业道德公约

（2012年3月1日中国文学艺术界联合会第九届全国委员会第二次全体会议审议通过）

为大力加强职业道德建设，进一步规范职业行为，弘扬高尚的职业精神，积极践行“爱国、为民、崇德、尚艺”的文艺界核心价值观，争做德艺双馨的文艺工作者，更加自觉主动地推动社会主义文化大发展大繁荣，特制定本公约。

一、坚持爱国为民。忠于祖国，忠于人民，拥护中国共产党的领导，为人民服务、为社会主义服务，用优秀的文艺作品奉献人民、回报社会。坚决抵制一切分裂祖国、破坏民族团结和损害人民利益的言行。

二、弘扬先进文化。继承和发扬中华民族优秀文化传统，吸收人类文明成果，自觉运用社会主义核心价值体系指导文艺实践，唱响主旋律，讴歌真善美，贬斥假恶丑，把社会效益放在首位。反对在文艺创作中歪曲历史、亵渎崇高、宣扬色情暴力和封建迷信。

三、追求德艺双馨。坚守艺术理想和艺术良知，追求高尚的道德情操。诚实守信、勤奋敬业，深入生活、刻苦学习，锐意创新、精益求精，不断锤炼艺术品格，勇攀艺术高峰。反对粗制滥造、弄虚作假、急功近利，反对拜金主义和极端个人主义，自觉抵制低俗之风。

四、倡导宽容和谐。坚持百花齐放、百家争鸣，尊重艺术规律，发扬艺术民主，开展积极健康的文艺批评。提倡相互切磋、取长补短、共同进步，积极营造团结和谐的氛围。反对门户之见、文人相轻。

五、模范遵纪守法。勇担社会责任，弘扬社会正义，引领文明风尚。自尊自重、遵纪守法，热心公益、乐于奉献。反对损人利己、见利忘义，自觉抵制“黄、赌、毒、黑”。

各级文学艺术界联合会及文艺家协会要积极宣传和推动本公约的执行。全国文艺工作者要自觉遵守本公约，自觉接受社会监督。

中国文联文艺工作者职业道德建设委员会章程

第一章　总则

第一条　中国文联文艺工作者职业道德建设委员会是文艺界加强职业道德建设，推动行业建设的专门机构。

第二条　中国文联文艺工作者职业道德建设委员会依据国家有关法律法规和《中国文学艺术界联合会章程》、《中国文艺工作者职业道德公约》开展工作，推动文艺界形成内部管理与外部监督相结合、自律与他律相结合的行业管理规范和工作机制，引导督促文艺工作者遵守法律法规，恪守职业道德，承担社会责任，树立良好社会形象，维护健康的行业发展生态和氛围。

第二章　组织

第三条　中国文联文艺工作者职业道德建设委员会邀请各艺术门类德艺双馨的文艺家代表、各全国性文艺家协会主要负责人、中国文联有关职能部门主要负责人和法律专业人士担任委员，一般任期为 5 年，可根据工作需要进行调整。中国文联文艺工作者职业道德建设委员会由相关职能部门提出初步人选，经中国文联书记处审批后组成。

第四条 中国文联文艺工作者职业道德建设委员会最高议事机构是全体会议。中国文联文艺工作者职业道德建设委员会推举主任委员一名、副主任委员若干名、秘书长一名。

第五条 中国文联文艺工作者职业道德建设委员会办公室为日常协调办事机构，设在中国文联国内联络部。

第三章 职责

第六条 针对文艺界职业道德方面突出问题开展专项调研，分析成因，提出对策。对建立健全相应法律法规和行业管理制度提出建议，指导中国文联各团体会员单位推动文艺行业职业道德建设。

第七条 推动文艺界开展思想政治理论和职业道德规范的教育培训，引导文艺工作者认真学习党的文艺理论方针政策，不断提高文艺工作者的思想道德素质和业务素质，强化职业道德意识，从源头上促进行业自律。

第八条 推选树立既具有精湛艺术水准、又具备良好思想道德素养的先进典型，提出重点宣传报道建议方案，宣传推介其优秀事迹，充分发挥其榜样引领作用。

第九条 密切关注文艺界行业动态，了解分析研究文艺界重大舆情事件和热点问题并根据需要及时发声，做好新闻评议和正面引导。

第十条 受理社会各界对文艺工作者失德违法行为的举报投诉，根据需要组成专门小组进行全面深入的调查分析，评议典型案例，批评不良现象，纠正行业不正之风并提出处理意见。

第十一条 推动建立文艺工作者违反职业道德的不良记录档案，实现信息资源共享和要情实时发布。

第十二条 推动对失德失范、违规违纪的文艺工作者开展教育矫正工作，帮助其改过自新，重新回归文艺队伍。

第四章 工作机制

第十三条 中国文联文艺工作者职业道德建设委员会全体会议每年召开两次，并可根据主任委员提议举行专门会议。会议可邀请专业人士、有关单位代表及其他相关人员参加。

第十四条 中国文联文艺工作者职业道德建设委员会

全体会议出席委员人数须达到全体委员的半数以上，会议形成的决议须经参加会议三分之二以上的委员表决通过。

第十五条 在全体会议休会期间，中国文联文艺工作者职业道德建设委员会办公室可采取座谈会、电话、信函、约谈和电子邮件等方式，汇集委员的意见建议；编发中国文联文艺工作者职业道德建设委员会情况通报分送委员。

第十六条 中国文联文艺工作者职业道德建设委员会办公室将适时向社会公布举报投诉电话、通讯地址和电子信箱，接受举报投诉。

第十七条 对举报投诉经初步甄别，认为有必要办理的，其办理的主要方式为：（一）分送有关地方和单位核查，并要求反馈落实情况；（二）中国文联文艺工作者职业道德建设委员会办公室对相关情况进行核实后提出处理意见，对重大事件或典型案例可向主任建议召开中国文联文艺工作者职业道德建设委员会全体会议或专门会议进行评议并形成处理意见；（三）转交相关党政部门处理；（四）对于在行业内或社会一定范围造成较大不良影响的典型案例的处理情况，经咨询法律专业人士并报中国文联书记处同意后以适当方式向新闻媒体公布。

第十八条 中国文联文艺工作者职业道德建设委员会

根据文艺工作者违反职业道德行为的具体情况提出如下处理建议：（一）提请有关管理单位进行批评教育并要求其及时改正；（二）在一定范围内进行通报批评并要求其道歉；（三）发挥舆论引导作用，在媒体上及时发声谴责；（四）将其违反职业道德的行为录入不良记录档案；（五）取消行业内评奖评优资格；（六）商有关方面禁止参加行业内相关活动；（七）按照各全国文艺家协会《章程》和《会员管理办法》作出相应处理；（八）向主管部门及纪检监察机关提出处理建议。

第十九条　中国文联文艺工作者职业道德建设委员会作出的决议和评议意见应征求专业律师意见，由中国文联文艺工作者职业道德建设委员会主任委员审定批准，对影响较大案例的处理须上报审议。

第五章　附则

第二十条　中国文联文艺工作者职业道德建设委员会评议对象包括所有文艺工作者和文艺从业机构。

第二十一条　本章程由中国文联文艺工作者职业道德建设委员会全体会议通过后生效。本章程由中国文联文艺工作者职业道德建设委员会负责解释。

中国戏剧工作者职业道德公约

为大力加强职业道德建设，进一步规范职业行为，弘扬高尚的职业精神，积极践行“爱国、为民、崇德、尚艺”的文艺界核心价值观，争做德艺双馨的文艺工作者，更加自觉主动地推动社会主义戏剧的繁荣发展，根据中国文联颁布的《中国文艺工作者职业道德公约》，结合戏剧艺术界实际，特制定本公约。

一、爱国为民、弘扬正道

热爱祖国，热爱人民，拥护中国共产党的领导，坚持以人民为中心的创作导向，用优秀的戏剧作品奉献人民、回报社会。坚决抵制一切分裂祖国、破坏民族团结和损害人民与国家利益的言行。为历史存正气，为世间弘美德。

二、扎根生活、传承创新

深入生活，扎根人民，传承和弘扬中华优秀戏剧文化与中华美学精神，学习吸收国内外优秀文化成果，用现实主义精神和浪漫主义情怀观照现实，创造性继承，创新性发展。自觉运用社会主义核心价值观指导戏剧创作实践，唱响主旋律，讴歌真善美，贬斥假恶丑，把社会效益放在首位。

三、戏比天大、诚信重德

弘扬“戏比天大”的高尚职业精神，坚守艺术理想和艺术良知，追求德艺双馨。诚实守信、勤奋敬业，刻苦学习，精益求精，不断锤炼艺术品格，勇攀艺术高峰。反对粗制滥造、弄虚作假、急功近利，反对拜金主义和极端个人主义，自觉抵制低俗之风。

四、宽容和谐、团结奋进

坚持百花齐放、百家争鸣，尊重艺术规律，发扬艺术民主，开展积极健康的戏剧批评。提倡相互切磋、取长补短、共同进步，积极营造和谐团结的行业氛围，形成互敬互助、友善真诚的同行关系，取长补短，做时代风气的先觉者、先行者、先倡者。

五、守法遵规、自尊自重

遵法守法，热心公益，模范遵守社会良规俗约，做社会主义核心价值观的模范践行者。自尊自爱，自重自强，培养健康向上的生活和艺术情趣，坚决远离“黄、赌、毒、黑”。

各地戏剧家协会及广大戏剧工作者要积极宣传、践行本公约，营造戏剧界良好的风气，并自觉接受社会的监督。

中国电影工作者自律公约

为贯彻落实习近平总书记在文艺工作座谈会上的重要讲话精神，贯彻落实《中共中央关于繁荣发展社会主义文艺的意见》，进一步践行社会主义核心价值观，践行“爱国、为民、崇德、尚艺”的文艺界核心价值观，加强电影行业道德建设和职业操守，提高电影工作者的思想和业务素质，推动中国电影行业持续、健康发展，制定本公约。

一、拥护党的领导，维护国家利益。坚持党的领导，坚持社会主义文艺的正确方向，不参与含有损害党和国家利益、违反国家法律法规、危害社会稳定、伤害民族感情等内容的电影创作、摄制、放映及传播等活动。

二、真诚服务人民，表现中国精神。秉持人民至上的价值理念，坚持以人民为中心的创作导向，积极创作情感丰富、细节真实、形象感人、积极向上的优秀电影作品。聚焦实现中华民族伟大复兴的中国梦，发挥电影记录时代变迁、展现社会变革、书写百姓情怀的积极作用，讲好中国故事，表现中国精神。

三、严守党纪国法，遵守社会公德。洁身自好、修身养德，树立良好职业形象，坚决抵制“黄、赌、毒”，坚决抵制与党纪国法、社会公德和中华民族传统美德相背离的不良倾向。保持积极的人生追求和健康的生活情趣，积极参加社会公益活动和惠民文化活动。

四、弘扬先进文化，净化社会风气。在电影创作、发行、宣传、放映等活动中坚持弘扬社会主义先进文化，讴歌真善美，贬斥假恶丑，追求电影作品的文化品位，不使用低俗、庸俗、媚俗的台词和影像，不宣扬拜金主义、享乐主义和奢靡之风。积极传承中华优秀传统文化。

五、引领行业风气，维护市场秩序。正确处理个人与行业、市场的关系，自觉规范个人行为，推动良好市场环境的形成。加强知识产权保护，维护合法权益。抵制“潜规则”、哄抬片酬、枪手代笔、恶意炒作、票房造假、非法转载等影响行业诚信和市场秩序的行为。

六、认真深入生活，积极倡导创新。尊重艺术创作规律，到火热的现实生活中汲取营养，和基层群众密切接触、深度交流，挖掘灵感，潜心创作。反对脱离生活、脱离实际，防止急功近利、粗制滥造。增强创新意识，提高原创能力，学习、研发、应用电影高新技术，加强科技创新，反对剽窃抄袭、跟风克隆。

七、保护自然环境，爱护公共设施。遵守拍摄地环境保护、文物保护及安全生产等法律法规，拍摄中不破坏自然生态环境，不参与违反环境保护规定、破坏自然景观风貌的电影摄制及传播活动。

八、提倡健康评论，坚守社会责任。坚持讲真话、讲道理、讲正气，运用历史的、人民的、艺术的、美学的观点评判作品，不盲目跟风，不庸俗吹捧，不贬损他人名誉及作品，杜绝红包评论、人情评论。讲品位、讲格调、讲境界，营造良好的电影文化生态。

中国电影家协会各团体会员及广大电影工作者，要积极宣传、自觉遵守本公约，接受人民群众和社会各界的监督。

中国音乐工作者自律公约

为深入践行社会主义核心价值观和《中国文艺工作者职业道德公约》，进一步规范音乐工作者职业行为，加强行业自律，倡导行业新风，推动社会主义音乐事业的繁荣发展，特制定本公约。

一、爱国为民。热爱伟大祖国，拥护中国共产党的领导，自觉维护国家主权、民族尊严和人民利益，坚决抵制一切分裂祖国、破坏民族团结和社会稳定的言行。讲好中国故事，传播中国文化，弘扬中国精神，唱响中国声音。牢记人民是音乐工作者的衣食父母，把人民作为表现主体和服务对象，为祖国抒怀、为人民放歌。

二、崇德尚艺。坚持以人民为中心的艺术导向，践行弘扬社会主义核心价值观，做时代风气的先觉者、先行者、先倡者。加强思想积累、知识储备、艺术训练，不断提高学养、涵养、修养。坚守社会效益第一的原则，热心公益，踊跃参加各种形式的文艺惠民活动，为历史存正气，为世人弘美德。志存高远、淡泊明志，保持高尚的职业操守、树立良好的社会形象，把德艺双馨做为毕生追求。

三、扎根生活。牢固树立生活是艺术创作源泉的观念，自觉摒弃脱离实际、脱离生活、脱离群众的不良倾向。坚持深入火热的社会生活，投身改革开放和社会主义现代化建设的时代洪流，聚焦人民群众创造幸福生活的生动实践，从基层一线的源头活水中汲取素材，激发灵感，提升思想境界。

四、继承创新。坚持社会主义先进文化前进方向，继承和发扬中华民族优秀传统，进行创造性转化和创新性发展，唱响中国梦，讴歌真善美。牢记创作是中心任务、作品是立身之本，尊重原创，鼓励创新，勇于实践，把创新精神贯穿于创作全过程，努力推出思想精深、艺术精湛、制作精良的传世佳作。

五、敬业奉献。热爱音乐艺术，忠诚艺术理想，坚守艺术良知，追求崇高价值，对音乐事业心存敬畏，对音乐工作积极奉献。严肃认真地考虑作品的社会效果，弘扬正能量，引人向上、向善、向美，不断丰富人们的精神文化生活，凝聚起人们实现中华民族伟大复兴中国梦的信心和力量。

六、健康批评。坚持百花齐放、百家争鸣，倡导健康的文艺评论，惩劣戒劣、以理服人。坚持正确的文艺导向，弘扬中华美学治学精神，尊重音乐创作的艺术规律，增强社会责任感，坚决反对庸俗、低俗、媚俗之风，自觉抵制享乐主义、拜金主义、极端个人主义等错误倾向，切实发挥评论对创作的引领和激励作用。

七、遵纪守法。树立法治意识和法治信仰，运用法治思维和法治方式加强行业服务、行业管理、行业自律，坚决禁止“黄、赌、毒、黑”等违法行为，坚决抵制剽窃、抄袭等侵权行为。端正艺术观念和艺术态度，正确对待评奖、办节、展演中的奖项和名次，既看作品也重人品，不为物欲所惑、不为人情所累、不为虚名所绊，不允许吃请托送、索拿卡要等不正之风，营造出人才出精品走正路、风清气正促繁荣的良好氛围。

八、勇攀高峰。坚守艺术理想，静下心来、耐住寂寞，精益求精、潜心创作，通过有筋骨、有道德、有温度的文艺作品，努力攀登道德高峰和艺术高峰。牢记肩负的历史责任，担当起举精神旗帜、立精神支柱、建精神家园的崇高使命，以高度的文化自觉和多样的艺术方式，奏响实现中国梦的时代最强音，认真履行当代人类灵魂工程师的庄严职责。

各音乐家协会要大力宣传和积极推动本公约。广大音乐工作者应自觉响应本公约，自觉接受群众、舆论和社会监督。

中国美术工作者自律公约

为深入践行社会主义核心价值观和《中国文艺工作者职业道德公约》，进一步规范美术工作者职业行为，加强行业自律，倡导行业新风，推动社会主义美术事业的繁荣发展，特制定本公约。

一、**坚持爱国为民。**忠于祖国，忠于人民，拥护中国共产党的领导，坚持文艺为人民服务、为社会主义服务的方向。弘扬中国精神，凝聚中国力量，描绘人民的伟大实践、展示时代进步的风采，为实现中华民族伟大复兴的“中国梦”而努力创作更多思想性、艺术性、观赏性有机统一的优秀作品，奉献人民、回报社会。

二、**弘扬先进文化。**增强文化自觉和文化自信，继承和发扬中华民族优秀文化传统。学习借鉴世界各国人民创造的优秀文化成果，加强中外美术交流，展现中华审美风范。自觉运用社会主义核心价值体系指导美术创作，唱响主旋律，传播正能量，讴歌真善美，贬斥假恶丑，把社会效益放在首位。反对在美术创作中歪曲历史、亵渎崇高、丑化人民群众和英雄人物、宣扬色情暴力和封建迷信。

三、追求德艺双馨。坚守艺术理想和艺术良知，追求高尚的道德情操。勤奋敬业，刻苦学习，锐意创新、精益求精，勇攀艺术高峰。反对拜金主义和极端个人主义，反对粗制滥造、抄袭作假、急功近利，力戒浮躁习气，抵制低俗趣味。

四、扎根人民生活。从人民的伟大实践和丰富多彩的生活中汲取营养，激发灵感，努力创作出思想精深、艺术精湛、制作精良的精品佳作。

五、踊跃参加公益事业和文艺志愿活动。乐于将才艺奉献社会、服务人民，努力满足人民群众多层次、多样化、多方面的精神文化需求。

六、倡导宽容和谐。坚持百花齐放、百家争鸣，尊重艺术规律，发扬学术民主，开展积极健康的美术批评。提倡相互切磋、取长补短、共同进步，营造积极健康、宽松和谐的学术氛围，反对门户之见、文人相轻。

七、模范遵纪守法。努力提高美术工作者的思想水平、业务水平、道德水平，自尊自重、遵纪守法，勇担社会责任，弘扬社会正义，引领文明风尚。

中国美协各团体会员、个人会员及广大美术工作者要积极宣传、遵守本公约，自觉接受社会监督。

中国曲艺工作者行为守则

为深入践行社会主义核心价值观和《中国文艺工作者职业道德公约》，进一步规范曲艺工作者职业行为，加强行业自律，倡导行业新风，推动曲艺事业大发展大繁荣，特制定本守则。

一、胸怀祖国，艺为人民。热爱伟大祖国，拥护中国共产党的领导，自觉维护国家主权、民族尊严和人民利益，坚决抵制一切分裂祖国、破坏民族团结和社会稳定的言行。在对外交流和演出活动中讲好中国故事，传播中国声音，弘扬中国价值，展示中国风貌。牢记人民是曲艺工作者的衣食父母，始终心系人民，把人民作为表现主体和服务对象，为人民抒情、为人民放歌，努力为人民群众送去美好的精神食粮。

二、深入生活，曲随时代。坚持深入火热的社会生活，投身改革开放和社会主义现代化建设的时代洪流，聚焦人民群众创造幸福生活的生动实践，从基层一线的源头活水中汲取素材，激发灵感，提升思想境界。唱响时代发展和社会进步的主旋律，在人民的进步中造就艺术的进步，自觉摒弃脱离实际、脱离生活、脱离群众的不良倾向，做时代风气的先觉者、先行者、先倡者。

三、敬业奉献，说唱百姓。热爱曲艺艺术，忠诚艺术理想，坚守艺术良知，追求崇高价值。耐住寂寞，潜心钻研，献身艺术事业，坚决摒弃铜臭气，不做市场的奴隶。坚持以人民为中心的创作导向，把百姓放在心中的最高位置，对百姓爱得真挚、彻底、持久，写百姓、说百姓、唱百姓，不断丰富人们的精神文化生活，凝聚起人们实现中华民族伟大复兴中国梦的信心和力量。

四、崇尚学习，守正创新。艺海无涯，学无止境。提高自身的学养、涵养和修养，以文化素养促业务成长，共同营造曲艺界乐学、好学、善学、博学的良好氛围。坚持社会主义先进文化前进方向，继承和发扬中华民族优秀传统艺术，把握曲艺本体，进行创造性转化和创新性发展，讴歌真善美，贬斥假恶丑。牢记创作是中心任务、作品是立身之本，尊重原创，鼓励创新，敢于突破，勇于实践，把创新精神贯穿于曲艺创作生产全过程，努力推出思想精深、艺术精湛、制作精良的传世作品。

五、敬重舞台，服务大众。舞台是演员放飞理想、施展抱负、展示才华、奉献社会的重要载体。对舞台心存敬畏，对艺术怀抱忠诚，严肃认真地考虑作品的社会效果，弘扬正能量，引人向上、向善、向美，坚决反对脏臭荤口、谄媚取闹等陈规陋习，坚决反对庸俗、低俗、媚俗之风。尊重人民群众对艺术的创造和贡献，了解群众愿望和需求，把群众作为艺术的鉴赏者和评判者，在服务人民群众的过程中实现最大的艺术价值和人生意义。

六、尊师重教，包容和谐。为师需重教，受艺不忘师。树立正确的收徒拜师理念，提倡师者愿教、徒者乐学，形成尊师爱徒、教学相长、平等互助、共同进步的良好风气。注重拜师仪式的文化内涵和社会影响，反对借机炒作、繁文缛节、铺张浪费等不良习气。鼓励不同样式、流派、风格的交流互鉴、取长补短、共谋发展，自觉反对和抵制门户之见、行帮习气、同行相轻的倾向和现象，建设融洽和谐、精诚团结、奋发有为的良好曲艺生态。

七、健康批评，引领风尚。坚持百花齐放、百家争鸣和艺术民主、学术民主，说真话、讲道理，重视理论研究，正确对待批评和反批评，拒绝以洋为尊、“友情”褒扬、红包评论。弘扬中华美学精神，把社会效益和社会价值放在首位，坚持正确导向，反对见利忘义，发挥评论对创作的引领和激励作用。增强社会责任感，热心公益，敬业乐群，踊跃参加各种形式的文艺为民惠民乐民活动，自觉抵制享乐主义、拜金主义、极端个人主义等错误倾向。

八、遵纪守法，公平竞争。树立法治意识和法治信仰，运用法治思维和法治方式加强行业服务、行业管理、行业自律，坚决抵制“黄、赌、毒、黑”等违法行为，坚决抵制剽窃、抄袭等侵权行为，坚决抵制颠覆经典、调侃崇高、歪曲历史、丑化人民等歪风邪气。端正艺术观念和艺术态度，正确对待评奖办节、展演展示中的奖项和名次，既看作品也重人品，不为物欲所惑、不为人情所累、不为虚名所绊，坚决反对吃请托送、索拿卡要等不正之风，营造出人出书走正路、风清气正促繁荣的良好氛围。

九、德艺兼修，担当使命。德艺双馨是艺术家的最高境界和毕生追求。曲艺工作者不仅要在创作表演上追求卓越，而且要在思想道德修养上追求卓越，增强道德判断，强化人格修为，追求科学文明的生活方式和积极健康的生活情趣。树立公众人物的良好社会形象，讲品位、重艺德，为历史存正气，为世人弘美德，为自身留清名。努力攀登道德高峰和艺术高峰，大力发扬奉献、友爱、互助、进步的志愿服务精神，争做曲艺界行风建设的排头兵，反对急功近利、弄虚作假、粗制滥造。牢记肩负的历史责任，担当起举精神旗帜、立精神支柱、建精神家园的崇高使命，以高度的文化自觉和多样的艺术方式，奏响实现中国梦的时代最强音，认真履行当代人类灵魂工程师的庄严职责。

各曲艺家协会要大力宣传和积极推动本守则的落实。广大曲艺工作者应遵守本守则，自觉接受群众、舆论和社会监督。

中国舞蹈工作者自律公约

为引领舞蹈行业健康持续发展，加强舞蹈艺术工作者职业道德建设，规范舞蹈艺术工作者职业行为，引导舞蹈艺术工作者践行“爱国、为民、崇德、尚艺”的文艺界核心价值观，树立舞蹈艺术工作者的良好社会形象，更好地推动繁荣发展社会主义文艺的伟大事业，根据国家有关法律法规和舞蹈行业工作实际，制定如下自律公约：

一、拥护党的领导，践行爱国为民。拥护中国共产党的领导，认真贯彻落实党的文艺路线方针政策；热爱祖国，热爱人民，坚持中国特色社会主义文化发展道路；为人民服务、为社会主义服务，用优秀的舞蹈作品奉献人民、回报社会。践行社会主义核心价值观，弘扬主旋律，讴歌真善美，鞭挞假恶丑，始终把社会效益放在第一位。坚决抵制一切分裂祖国、破坏民族团结、危害社会稳定、损害人民利益的言行。

二、继承传统精华，勇于开拓创新。继承和发扬中华民族优秀传统文化，吸收借鉴全人类各个历史时期文明成果；勇于开拓创新，坚持贴近实际、贴近生活、贴近群众，努力创作具有中国特色和时代特色的文艺作品。坚决反对急功近利、粗制滥造等不良现象，坚决抵制歪曲历史、扭曲价值、恶搞经典、传播色情暴力、宣扬封建迷信等不良倾向。

三、坚守道德底线，追求德艺双馨。牢记使命，敢于担当，追求高尚的道德情操；坚守艺术理想和艺术良知，树立诚实守信、敬业奉献的道德观念；弘扬精益求精、勤谨笃学的职业精神，严肃艺德学风，以科学严谨的态度对待艺术创作，以客观公正的态度开展学术批评，不断攀登艺术高峰。自觉抵制拜金、享乐主义，反对抄袭、剽窃等不良风气，反对在艺术实践活动中沽名钓誉、见利忘义，坚决抵制在评奖、入会、演出等过程中进行权钱交易等不良行为。

四、模范遵纪守法，倡导和谐友善。严守法律法规，勇于担当责任，弘扬社会正义，引领时代风尚，自觉践行社会主义荣辱观，热心公益，崇尚公德，树立舞蹈工作者良好社会形象；坚持百花齐放、百家争鸣，尊重艺术规律，充分发扬艺术民主和学术民主，鼓励交流切磋，鼓励相互扶持，积极营造互助共勉的和谐氛围。反对文人相轻、门户之见、搞小圈子、利用不正当手段进行恶意竞争；坚决抵制“黄、赌、毒、黑”、偷税漏税等违法违纪行为。

全国舞蹈艺术工作者要自觉遵守本公约，各级舞协要积极宣传和推动本公约的执行，对违反本公约并造成不良后果的会员，可根据其情节轻重，对其作出批评、警告、暂停会籍，直至开除会籍等相应处理。欢迎社会各界监督。

中国民间文艺工作者自律公约

为深入学习贯彻习近平总书记系列重要讲话精神和中央《关于繁荣发展社会主义文艺的意见》，带头培育和践行“爱国、为民、崇德、尚艺”的文艺界核心价值观，促进民间文艺界凝心聚力，民间文艺事业繁荣发展，根据中国文联有关精神与中国民间文艺家协会第九次全国代表大会精神以及《中国民间文艺家协会章程》相关规定，特制定本公约。

一、坚持围绕大局，面向基层，扎根人民。坚持以人民为中心的工作导向，深入生活，深入民间，广泛团结全国广大民间文艺家、民间文艺工作者，同心协力传承和弘扬中华优秀传统文化，推出更多弘扬真善美、传递正能量的民间文艺作品，为涵养社会主义核心价值观提供源泉活水和智力支持。

二、加强行业服务，行业管理，行业自律。按照德艺双馨的要求，加强思想引领、政治引领、价值引领，弘扬正能量，引人向上，努力提高民间文艺家和民间文艺工作者队伍的思想道德素质、文化修养和业务水平，践行中国文艺工作者职业道德公约，培育良好职业道德，涵养大国工匠精神，不断创作精品力作，满足人们日益增长的精神文化需要。

三、树立法治意识，维权意识，净化环境。加强制度建设，完善会员管理机制和服务手段，树立版权意识和责任意识，弘扬法治信仰和人格力量，遵纪守法，廉洁奉公，讴歌真善美，贬斥假恶丑。严厉禁止“黄、赌、毒、黑”等违法违纪行为，反对剽窃、抄袭以及同行相轻、诋毁他人等侵权与不正当行为，树立风清气正、和谐团结的民间文艺良好生态环境。

四、守护文化之根，礼敬传统，繁荣创作。民间文艺是源自生活的艺术、人民的创造，是中华优秀传统文化中最基本、最生动、最丰富的组成部分，值得我们礼敬和传承。尊重人民文化创造和文化成果共同享有，弘扬民间文艺、延续中华文脉，推进民间文艺的时代发展和创造性转化，顺应民生、民意、民情，强化惠民服务，不断推出民间文艺的新作品与新成果，凝聚起人们实现中华民族伟大复兴中国梦的信心和力量，进一步推动民间文艺事业的繁荣与发展。

五、尊重民间信仰，民间情怀，民间气派。坚守民间人文理想和民间艺术良知，心存敬畏，理性看待民间信仰和传统价值观，尊重人民文化立场和民间情怀，反对歪曲和割裂民间文艺传统，反对伪民俗。追求高尚的道德情操和崇高的人生价值，反对极端利己主义和急功近利，反对拜金主义和故弄玄虚，抵制粗制滥造和庸俗、低俗、媚俗。

六、坚持扎根田野，调查研究，理论创新。秉承“学术立会”的优良传统，坚持“把书桌搬到田野”的治学理念，积极开展深入一线的田野作业、调研考察，加紧加快采集来自民间的第一手资料，完善各级各类非物质文化遗产项目与民间文艺家会员及杰出民间文化传承人的档案建设，加强学术研究对于社会实践的指导作用及其成果的利用转化。

七、倡导包容开放，艺术争鸣，学术民主。在社会转型、民间文艺发生巨变的时代，突显专业性社团组织的文化先导和理论引领作用。大力倡导健康良序的学术研讨和多样多元的艺术创新，积极营造开放宽松、生动活力的学术环境和创作氛围，反对门户之见、先入为主。

八、积极探索规律，勤于思考，勇于实践。解放思想，群策群力，探索符合民间文艺发展规律的管理体制、运行机制、组织形式、活动方式。进一步在更新文艺理念、改进服务方式、提高服务本领、培养民间艺术家，以及促进民间传统民俗活动、节庆仪轨、师承关系可持续发展等方面锐意进取，奋发有为。

中国民间文艺家协会各团体会员及广大民间文艺工作者要积极行动，广泛宣传民间文艺工作新精神、新理念、新主张，主动遵守和执行本公约，自觉接受人民群众和社会各界的监督。

中国摄影工作者自律公约

为贯彻落实习近平总书记在文艺工作座谈会上的重要讲话精神，贯彻落实《中共中央关于繁荣发展社会主义文艺的意见》，进一步增强摄影工作者的高度文化自觉与文化自信，积极践行社会主义核心价值观，加强职业道德建设，规范拍摄和传播行为，提高自身素质，推动摄影事业大发展大繁荣，制定本公约。

一、坚定立场。拥护中国共产党的领导，热爱祖国，忠于人民，坚持中国特色社会主义道路。不拍摄、不传播损害国家形象和利益，影响社会发展和稳定的图片；不拍摄、不传播有违国家法律法规和社会公序良俗的图片。

二、牢记使命。在文化强国建设中发挥摄影为时代留影、为历史存证、为民族纪行、为人民写真的积极作用，为实现中华民族伟大复兴的“中国梦”而努力创作更多无愧于时代、无愧于民族的精品力作。

三、坚持导向。践行社会主义核心价值观，用优秀的摄影作品弘扬中国精神，凝聚中国力量，讲好中国故事。

四、服务人民。坚持为人民服务、为社会主义服务的方向，坚持以人民为中心的创作导向，自觉为人民抒写、为人民抒情、为人民抒怀。

五、关注时代。聚焦现实，真实记录，反映生活本质，表达人民心声，用光明驱散黑暗，用美善战胜丑恶，向社会传播正能量。

六、潜心创作。沉下心、扑下身，深入改革发展一线寻找题材，激发灵感，创作出思想精深、艺术精湛、制作精良的精品佳作。克服浮躁，反对急功近利，粗制滥造。

七、勇于创新。适应社会发展和时代前进的要求，将创新精神贯穿摄影创作全过程，增强原创能力。反对跟风模仿，千图一面。

八、健康批评。提倡百花齐放、百家争鸣，说真话、讲道理，实事求是开展批评与自我批评。反对庸俗吹捧，自我造势。

九、遵纪守法。严守国家的法律法规，遵守社会公德，自觉尊重被摄对象的肖像权、隐私权和名誉权，依法维护摄影人的著作权等合法权益。

十、讲求真实。遵守新闻、纪实类摄影中的真实性原则，反对在新闻现场干涉被摄对象、组织加工和策划事实的行为；恰当使用图像软件和后期处理技术。

十一、保护环境。在创作中自觉爱护生态环境和公共设施，不因为拍摄而人为改变自然景观，不使用有可能破坏生态和干扰他人拍摄的辅助工具和物品，不使用器械、音响及其他手段引诱、驱赶野生动物、鸟类等，不在拍摄现场制造、遗留垃圾。

十二、人文关怀。尊重拍摄对象。反对只顾拍摄而无视被摄者感受的无德行为。

十三、公平竞争。以正确的艺术价值观和名利观参与摄影文化活动、对待评价。反对弄虚作假，杜绝行贿受贿。

十四、加强学习。继承和发扬中华民族优秀传统文化，学习借鉴世界优秀文化成果，与时俱进，掌握新媒体、学习新技术。

十五、甘于奉献。踊跃参加公益事业和文艺志愿活动，乐于将才艺奉献社会、服务人民。

十六、修身养德。摄影工作者要志存高远，讲品位、重艺德，不断提高学养、涵养、修养，树立高尚的职业操守和良好的社会形象，努力做到“德艺双馨”。

中国摄协各团体会员及广大摄影工作者要积极宣传、自觉遵守本公约，接受人民群众和社会各界的监督。

中国书法工作者行为守则

为深入践行社会主义核心价值观和《中国文艺工作者职业道德公约》，进一步规范书法工作者职业行为，加强行业自律，倡导行业新风，推动书法事业大发展大繁荣，特制定本守则。

一、胸怀祖国，艺为人民。热爱伟大祖国，拥护中国共产党的领导，自觉维护国家主权、民族尊严和人民利益，坚决抵制一切分裂祖国、破坏民族团结和社会稳定的言行。在对外交流和演出活动中讲好中国故事，传播中国声音，弘扬中国价值，展示中国风貌。牢记人民是书法工作者的衣食父母，始终心系人民，把人民作为表现主体和服务对象，为人民抒情、为人民抒怀，努力为人民群众送去最好的精神食粮。

二、深入生活，笔随时代。坚持深入火热的社会生活，投身改革开放和社会主义现代化建设的时代洪流，聚焦人民群众创造幸福生活的生动实践，从基层一线的源头活水中汲取素材，激发灵感，提升思想境界。唱响时代发展和社会进步的主旋律，在人民的进步中推动艺术的进步，自觉摒弃脱离实际、脱离生活、脱离群众的不良倾向，做时代风气的先觉者、先行者、先倡者。

三、敬业奉献，书写百姓。热爱书法艺术，忠诚艺术理想，坚守艺术良知，追求崇高价值。耐住寂寞，潜心钻研，献身艺术事业，坚决摒弃铜臭气，不做市场的奴隶。坚持以人民为中心的创作导向，把百姓放在心中的最高位置，讲百姓、说百姓、书百姓，不断丰富人们的精神文化生活，凝聚起人们实现中华民族伟大复兴中国梦的信心和力量。

四、尊重传统，守正创新。艺海无涯，学无止境。提高自身的学养、涵养和修养，以文化素养促业务成长，共同营造书法界乐学、好学、善学、博学的良好氛围。坚持社会主义先进文化前进方向，继承和发扬中华民族优秀传统艺术，把握书法本体，进行创造性转化和创新性发展。牢记创作是中心任务、作品是立身之本，尊重原创，鼓励创新，敢于突破，勇于实践，把创新精神贯穿于书法创作全过程，努力推出思想精深、艺术精湛的传世佳作。

五、敬畏书法，服务大众。书法艺术是书法家放飞理想、施展抱负、展示才华、奉献社会的重要载体。对书法心存敬畏，对艺术怀抱忠诚，严肃认真地考虑作品的社会效果，弘扬正能量，引人向上、向善、向美，坚决反对抄袭代笔和庸俗、低俗、媚俗之风。尊重人民群众对艺术的创造和贡献，了解群众愿望和需求，把群众作为艺术的鉴赏者和评判者，在服务人民群众的过程中实现最大的艺术价值和人生意义。

六、尊师重教，和谐包容。为师需重教，受艺不忘师。树立正确的拜师收徒观念，提倡师者愿教、徒者乐学，形成尊师爱徒、教学相长、平等互助、共同进步的良好风气。注重拜师仪式的文化内涵和社会影响，反对借机炒作、繁文缛节、铺张浪费等不良习气。鼓励不同样式、流派、风格的交流互鉴、取长补短、共谋发展，自觉反对和抵制门派之见、地域习气、文人相轻的倾向和现象，建设融洽和谐、精诚团结、奋发有为的良好书法生态。

七、健康批评，引领风气。坚持百花齐放、百家争鸣和艺术民主、学术民主，说真话、讲道理，重视理论研究，正确对待批评和反批评，拒绝以洋为尊、“友情”褒扬、红包评论。弘扬中华美学精神，把社会效益和社会价值放在首位，坚持正确导向，反对见利忘义，发挥评论对创作的引领和激励作用。增强社会责任感，热心公益，敬业乐群，踊跃参加各种形式的文艺为民惠民乐民活动，自觉抵制享乐主义、拜金主义、极端个人主义等错误倾向。

八、遵纪守法，公平竞争。树立法治意识和法治信仰，运用法治思维和法治方式加强行业服务、行业管理、行业自律，坚决抵制各类违法行为，坚决抵制剽窃、抄袭等侵权和代笔行为。端正艺术观念和艺术态度，正确对待评奖办节、展览展示中的奖项和名次，既看作品也重人品，不为物欲所惑、不为人情所累、不为虚名所绊，坚决反对吃请托送、索拿卡要等不正之风，营造风清气正、繁荣发展的良好氛围。

九、德艺双修，担当使命。德艺双馨是艺术家的最高境界和毕生追求。书法工作者不仅要在艺术创作上追求卓越，而且要在思想道德修养上追求卓越，增强道德判断，强化人格修为，追求文明的生活方式和健康积极的生活情趣。树立公众人物的良好社会形象，讲品位、重艺德，为历史存正气，为世人弘美德，为自身留清名。努力攀登道德高峰和艺术高峰，大力发扬奉献、友爱、互助、进步的志愿服务精神，争做书法界行风建设的排头兵，反对急功近利、弄虚作假、粗制滥造。牢记肩负的历史责任，担当起举精神旗帜、立精神支柱、建精神家园的崇高使命，以高度的文化自觉和多样的艺术方式，奏响实现中国梦的时代最强音。

各书法家协会要大力宣传和积极推动本守则的落实。广大书法工作者应遵守本守则，自觉接受群众、舆论和社会监督。

中国杂技工作者自律公约

为贯彻落实习近平总书记在文艺工作座谈会上的重要讲话精神和中央关于繁荣发展社会主义文艺的意见，积极践行社会主义核心价值观和《中国文艺工作者道德公约》，切实加强杂技工作者职业道德建设，规范职业行为，推动杂技事业大发展大繁荣，特制定本公约。

第一条　拥护中国共产党的领导，自觉维护国家主权、民族尊严和人民利益，坚决抵制一切分裂祖国、破坏民族团结和社会稳定的言行。积极践行“爱国、为民、崇德、尚艺”的文艺界核心价值观；

第二条　继承和弘扬中华优秀文化，维护杂技生态多样性，大胆创新，不断焕发杂技艺术新的生命力。充分运用中国元素、中国符号，创作更多彰显中华审美风范，展示时代风貌、弘扬中国精神的优秀作品；

第三条　坚持深入生活、扎根人民，从人民群众生活实践中挖掘资源、汲取灵感，把最好的精神食粮奉献给人民群众。始终坚持社会效益第一的原则，让杂技艺术走进人民大众，以精湛的技艺作品赢得人民的喜爱和尊重；

第四条 秉持良好的职业精神，恪守良好的职业道德，坚守艺术理想和艺术良知，淡泊名利、踏实从艺、守法敬业、热心公益，把争做德艺双馨的典范作为个人艺术生涯的最高境界和自觉追求；

第五条 立足国际国内两个市场，推动杂技更好地走向人民、走向世界。公平参与行业竞争和市场竞争，加强行业管理和行业自律，自觉维护杂技工作者合法权益，反对恶性竞争，营造有序、规范的行业秩序；

第六条 鼓励不同风格、流派间的交流借鉴，树立正确的师承理念，提倡相互切磋、取长补短、共同进步，积极营造精诚团结、包容和谐的氛围，自觉反对和抵制门户之见、同行相轻等不良习气；

第七条 尊重原创，不侵犯他人知识产权，尤其是杂技魔术表演的创意、设计、道具等不得抄袭、剽窃。不在公共媒体上对魔术进行揭秘。禁止通过不正当手段获取或擅自公开披露和使用他人尚未公开的魔术秘密；

第八条 讲正气、树正风、走正道，诚实守信、勤奋敬业，锐意创新、精益求精，注重表演、创作中的艺术创新及安全保障。反对粗制滥造、弄虚作假、急功近利，反对以损害从业人员的安全健康为代价谋求自身利益。

中国杂技家协会各团体会员及广大杂技工作者要积极宣传、自觉遵守本公约，接受人民群众和社会各界的监督。

中国电视艺术工作者行为守则

为深入践行社会主义核心价值观和《中国文艺工作者职业道德公约》，进一步规范电视艺术工作者职业行为，加强行业自律，推动形成风清气正的行业新风，推动电视艺术事业大发展大繁荣，特制定本守则。

一、热爱祖国人民，拥护党的领导。热爱祖国，忠于人民，拥护中国共产党的领导，自觉维护国家主权、民族尊严和人民利益，坚决抵制一切分裂祖国、破坏民族团结和社会稳定的言行。

二、牢记历史使命，履行神圣职责。时刻牢记当代中国文艺举精神旗帜、立精神支柱、建精神家园的崇高使命，切实履行文艺工作者弘扬中国精神、传播中国价值、凝聚中国力量的神圣职责。坚持社会主义先进文化前进方向，弘扬社会主义核心价值观。

三、高举伟大旗帜，坚持根本方向。高举中国特色社会主义伟大旗帜，坚持为人民服务、为社会主义服务根本方向。坚持以人民为中心的创作导向，把人民作为文艺表现的主体，反映人民心声，自觉为人民抒写、为人民抒情、为人民抒怀。

四、植根现实生活，紧跟时代潮流。聚焦火热的社会生活，投身人民的伟大实践，紧跟涌动的时代潮流，从社会生活的无尽矿藏中挖掘素材、吸取营养，深入生活，扎根人民，不断进行生活和艺术的积累，不断进行美的发现和美的创造，自觉摒弃脱离实际、脱离生活、脱离群众的不良倾向。

五、热爱电视艺术，勇于创造创新。艺海无涯，学无止境。加强思想积累、知识储备、艺术训练，提高学养、涵养、修养。牢记创作是中心任务、作品是立身之本，强化精品意识，提高原创能力，不断探索电视作品的内容创新、形式创新，广泛借鉴吸收新媒体传播优势，主动探索媒体融合方式方法。将创新精神贯穿电视文艺创作传播全过程，在努力推出思想精深、艺术精湛、制作精良的传世作品的基础上，力争不断提高传播效率，实现社会效益最大化。

六、真诚欢迎指正，乐于接受批评。坚持百花齐放、百家争鸣。发扬艺术民主、学术民主。尊重艺术规律，正确对待批评和反批评。坚持实事求是，开展健康批评。提倡相互切磋，实现共同进步。倡导说真话、讲道理，反对庸俗吹捧、自我造势。敢于表明态度、表明立场，做到褒优贬劣，激浊扬清。

七、模范遵纪守法，树立良好形象。严守国家法律法规，树立法治意识和法治信仰，依靠法律维护合法权益。坚决抵制“黄、赌、毒、黑”等违法行为，坚决抵制剽窃、抄袭等侵权行为，坚决不采用、拍摄、制作和传播虚假视频内容，遵守社会公德，遵守行业规范，树立电视艺术工作者良好社会形象。

八、追求德艺双馨，勇攀人生高峰。加强思想道德建设，坚守艺术理想和职业良知，不断提高专业素养，不断锤炼人格修为，追求科学文明的生活方式和积极健康的生活情趣。切实处理好义利关系，反对拜金主义、享乐主义、极端个人主义，认真严肃地考虑作品的社会效果，不制作庸俗、低俗、媚俗的作品。讲品位、重艺德，为历史存正气，为世人弘美德，为自身留清名，认真履行当代人类灵魂工程师的庄严职责。热心参加公益事业和文艺志愿活动，努力攀登道德高峰和艺术高峰。

各级电视艺术家协会要大力宣传和积极推动本守则落实。广大电视艺术工作者应遵守本守则，自觉接受群众、舆论和社会监督。

中国文艺评论工作者自律公约

为贯彻落实习近平总书记在文艺工作座谈会上的重要讲话精神，贯彻落实《中共中央关于繁荣发展社会主义文艺的意见》，深入践行社会主义核心价值观和《中国文艺工作者职业道德公约》，进一步规范文艺评论工作者职业行为，加强行业自律，倡导行业新风，推动社会主义文艺评论事业的繁荣发展，特制定本公约。

一、爱国为民。热爱祖国，服务人民，拥护中国共产党的领导，自觉维护国家主权、民族尊严和人民利益，坚决抵制一切分裂祖国、破坏民族团结和社会稳定的言行。

二、坚定立场。坚持马克思主义文艺理论的指导，坚持以人民为中心的工作导向，践行和弘扬社会主义核心价值观，努力做引导创作、多出精品、提高审美、引领风尚的重要力量。

三、科学说理。提倡科学的批评精神，实事求是、褒优贬劣、激浊扬清，尊重艺术规律，尊重艺术创造，营造包容和谐的批评氛围，遵循科学合理的评价标准。运用历史的、人民的、艺术的、美学的观点评判和鉴赏作品。

四、敢于担当。牢记文艺评论工作者的文化担当和社会责任，客观公正把握艺术质量和水平，对各种不良文艺作品、现象、思潮敢于表明态度，在大是大非问题上敢于亮剑，说真话，讲道理。

五、继承创新。坚守中华文化立场，继承中国传统文艺理论评论优秀遗产，传承中华文化基因，展现中华审美风范。批判借鉴外国文艺理论，关注时代、关心当下、锐意创新、精益求精。

六、遵纪守法。严守国家的法律法规，遵守社会公德，运用法治思维和法治方式加强行业服务、行业管理、行业自律。坚决抵制剽窃、抄袭等侵权行为，自觉抵制、远离“黄、赌、毒、黑”。

七、德艺双馨。勤奋敬业、刻苦学习，不断提高学养、涵养、修养，自觉抵制拜金主义、享乐主义、极端个人主义等错误倾向，拒绝红包评论、人情评论、跟风炒作式评论，不做“市场的奴隶”。反对庸俗媚俗，吹捧造势。秉持职业操守，树立良好形象。

各级文艺评论家协会及广大文艺评论工作者要积极宣传推动本公约，自觉响应遵守本公约，接受人民群众和社会各界的监督。

图书在版编目（CIP）数据

中国文艺工作者职业道德公约 / 中国文学艺术界联合会编.

-- 北京：中国文联出版社，2017.1

ISBN 978-7-5190-2491-8

Ⅰ. ①中… Ⅱ. ①中… Ⅲ. ①文艺工作者－职业道德－公约－中国

Ⅳ. ①I03

中国版本图书馆 CIP 数据核字(2017)第 003446 号

中国文艺工作者职业道德公约

编　　者：中国文学艺术界联合会

出 版 人：朱 庆

终 审 人：朱 庆　　　　复 审 人：曹艺凡

责任编辑：邓友女　张 为　　　　责任校对：朱为中

封面设计：李小兵　　　　责任印制：陈　晨

出版发行：中国文联出版社

地　　址：北京市朝阳区农展馆南里 10 号，100125

电　　话：010-85923078（咨询）85923000（编务）85923020（邮购）

传　　真：010-85923000（总编室），010-85923020（发行部）

网 址：http://www.clapnet.cn　　　　http://www.claplus.cn

E - mail：clap@clapnet.cn　　　　dengyn@clapnet.cn

印　　刷：中煤（北京）印务有限公司

装　　订：中煤（北京）印务有限公司

法律顾问：北京天驰君泰律师事务所徐波律师

开　　本：880×1230　　　　1/32

字　　数：20 千字　　　　印 张：1.75

版　　次：2017 年 1 月第 1 版　　　　印 次：2017 年 1 月第 1 次印刷

书　　号：ISBN 978-7-5190-2491-8

定　　价：5.00 元